GermanLetsPlay

Im Wirbel der Welten

Community EDITIONS

Community
EDITIONS

Hallihallo, liebe Leute, und willkommen zu einer weiteren Runde „Minecraft“ …

… mit mir, eurem GermanLetsPlay!

Aber bevor ich heute den Enderdrachen wegklatsche …
… muss ich erst mal meine Gravity-Kanone an diesem Villager testen!
FWOO!
Cool, es funktioniert!
So, und jetzt nichts wie auf zum Enderdrachen. Dafür müssen wir nur …
BIEP! BIEP!
BIEP BIEP!
Hö?

Ach so, diese neue Pet-App hatte ich schon ganz vergessen ...
Dabei wollte ich ja noch ein Video dazu für den Kanal machen.
BIEP BIEP! BIEBELIREP!!
BIEP BIEP BIEBELIREP!!
Ist ja gut ... was willst du denn?
BIEP
Da hast du dein Futter! Ey, du bist ja schlimmer als ein Tamagotchi ...
TOK!
So, nachdem der kleine Fratz Ruhe gegeben hat, können wir endlich zum Enderdrachen!
PFEIF!
@
Les ich später ...

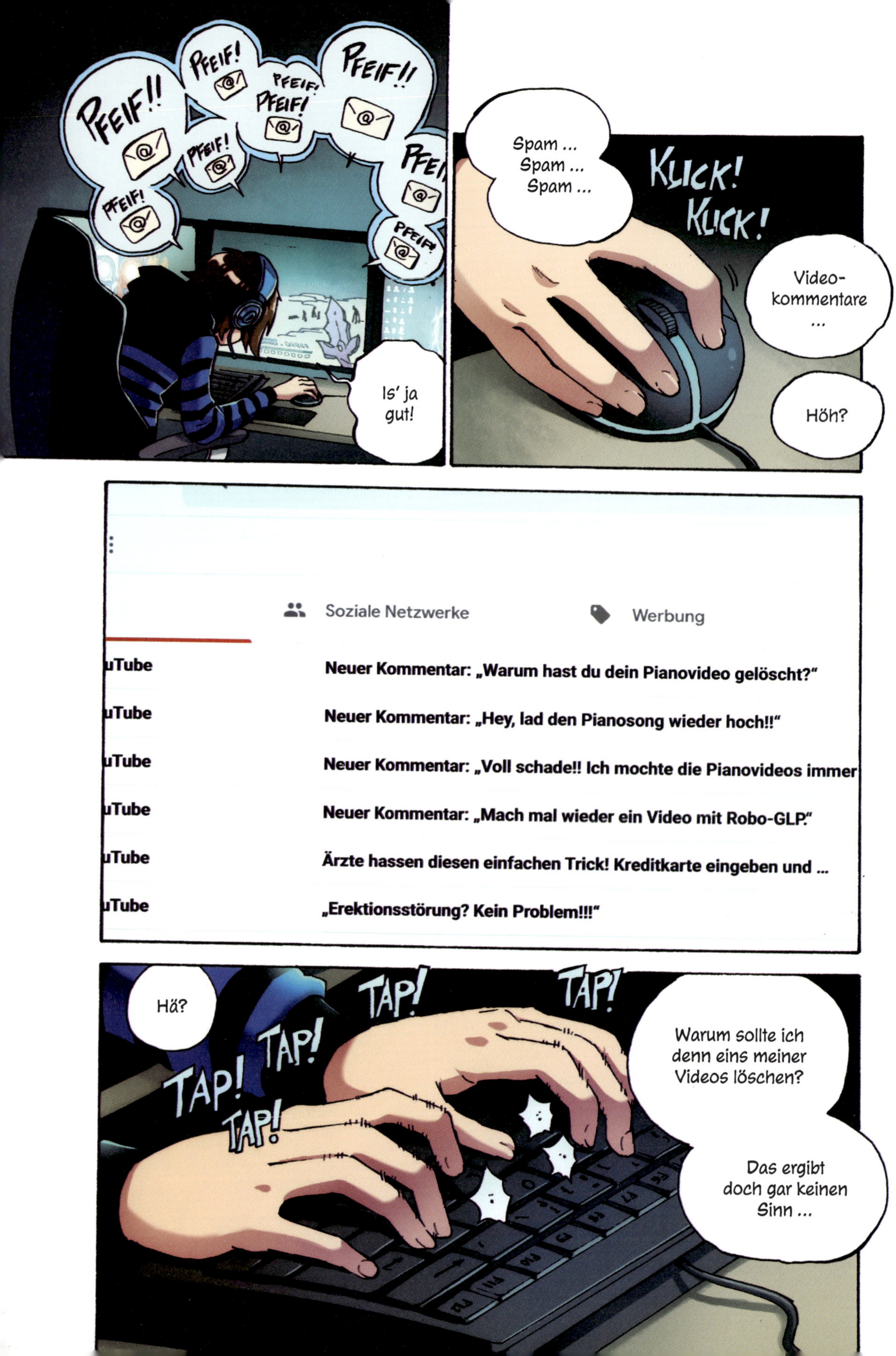
PFEIF!!
PFEIF!
PFEIF!
PFEIF!
PFEIF!!
PFEIF!
PFEIF!
Is' ja gut!
Spam ... Spam ... Spam ...
KLICK! KLICK!
Video-kommentare ...
Höh?
Soziale Netzwerke
Werbung
uTube
Neuer Kommentar: „Warum hast du dein Pianovideo gelöscht?"
uTube
Neuer Kommentar: „Hey, lad den Pianosong wieder hoch!!"
uTube
Neuer Kommentar: „Voll schade!! Ich mochte die Pianovideos immer
uTube
Neuer Kommentar: „Mach mal wieder ein Video mit Robo-GLP."
uTube
Ärzte hassen diesen einfachen Trick! Kreditkarte eingeben und ...
uTube
„Erektionsstörung? Kein Problem!!!"
Hä?
TAP! TAP! TAP! TAP! TAP!
Warum sollte ich denn eins meiner Videos löschen?
Das ergibt doch gar keinen Sinn ...

Suchen
Video nicht verfügbar
Tatsache! Was geht denn hier ab?
Also, ich war das nicht, so viel ist schon mal klar.
Vielleicht ein Bug auf der Seite? Ich könnte dem Support schreiben ...
... aber bis da 'ne Antwort kommt ...
Hm ...
FWIT!
Da kann ich schneller ein neues Video aufnehmen.
Ist schon 'ne Weile her ...

CLICK!
M 1/60 F5.6 2000
[999]
FWT!

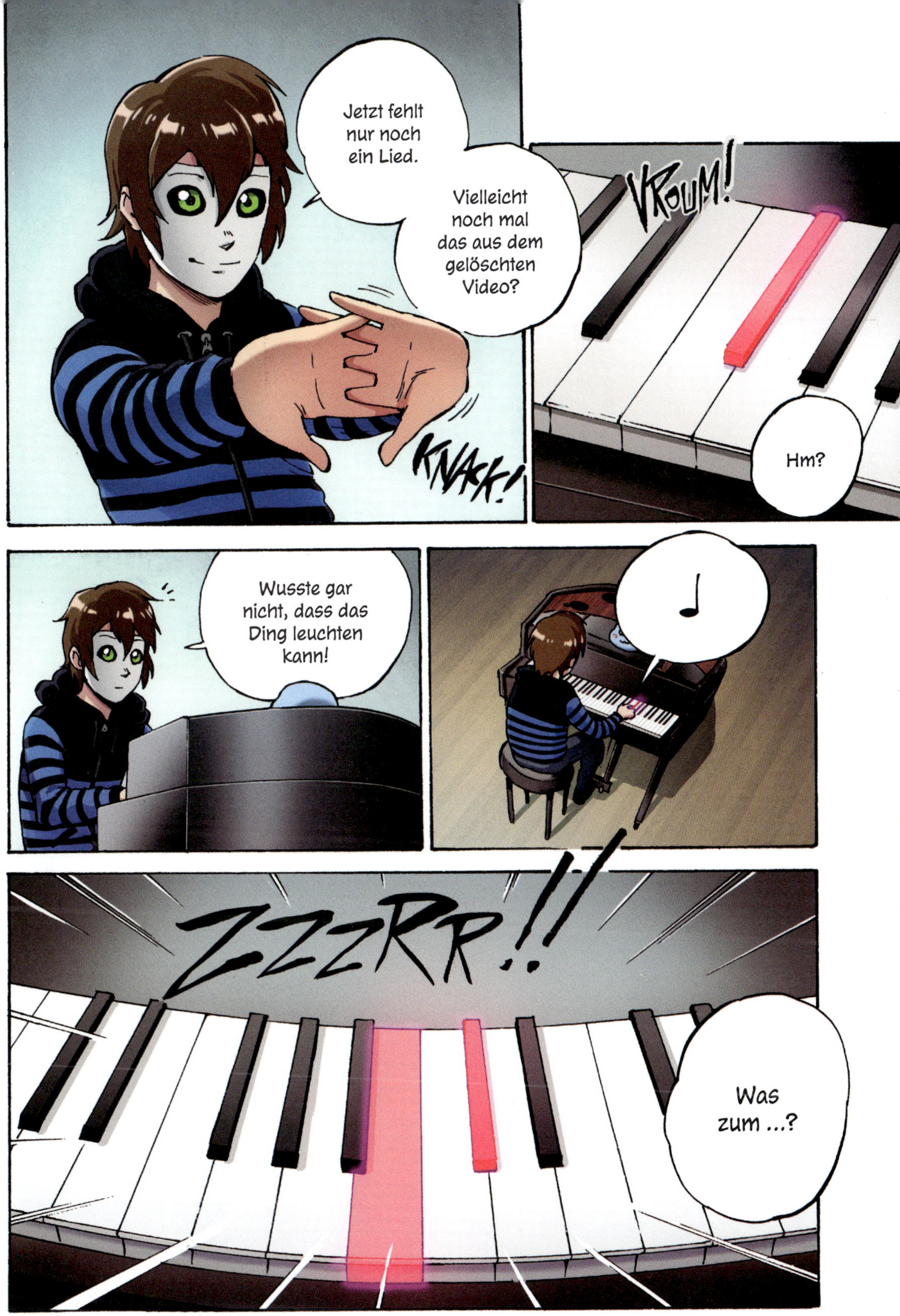
Jetzt fehlt nur noch ein Lied.
Vielleicht noch mal das aus dem gelöschten Video?
KNACK!
VROUM!
Hm?
Wusste gar nicht, dass das Ding leuchten kann!
ZZZRR!!
Was zum ...?

Ist ja fast so, als wollte das Piano, dass ich diese Melodie spiele ...
Klingt sogar ziemlich gut.
ZZRP!!
ZZRP!!
VROOOOUM!

?!!
WHOOSH!!
Hey, warum spielt das Ding ein-fach weiter?
VROOOUM!!
Was zur Hölle ist hier los?

Schluss damit!
ZOON!
Schei...
XWOoooo!!

FWOOO!
RETRO BOX

A... Autsch.
Warum ist der Boden so hart?
Hatte ich nicht mal 'nen Teppich?
Und die Auflösung vom Boden war auch schon mal besser.
Vielleicht brauch ich langsam echt 'ne Brille ...

WHOA!

Also, entweder bin ich beim Pianospielen vom Hocker gerutscht ...
... und hab mir zu hart den Kopf angeschlagen ...
PAFF
... oder ich bin tatsächlich in der Welt von „Flucht" gelandet!
So schwer, wie du von Begriff bist, würde ich ein Schädeltrauma nicht ausschließen ...
BA-BU!
Aber zu deiner Beruhigung: Ja, du befindest dich tatsächlich in einer digitalen Welt.

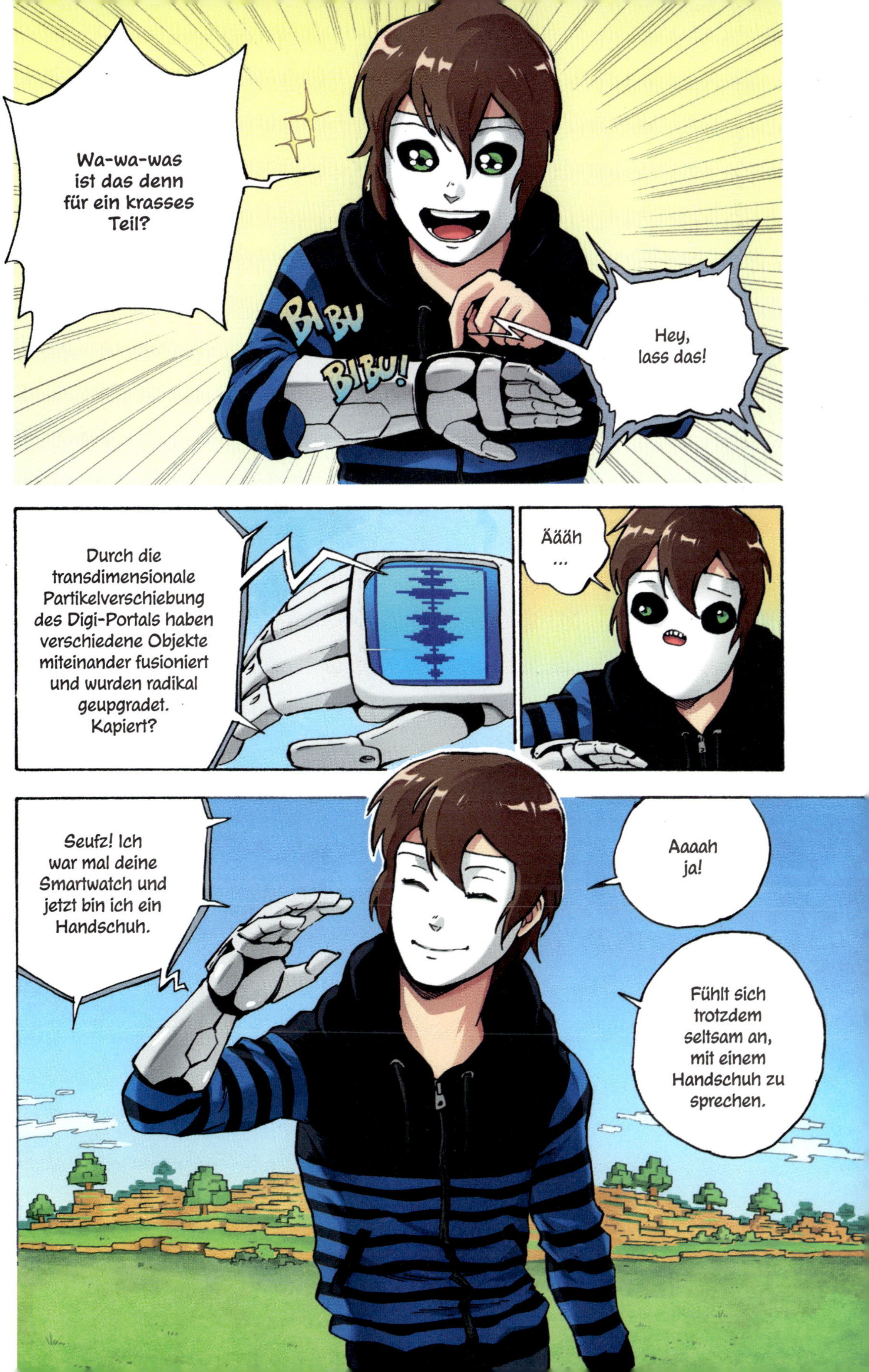
Wa-wa-was ist das denn für ein krasses Teil?
BI BU BIBU!
Hey, lass das!
Durch die transdimensionale Partikelverschiebung des Digi-Portals haben verschiedene Objekte miteinander fusioniert und wurden radikal geupgradet. Kapiert?
Äääh ...
Seufz! Ich war mal deine Smartwatch und jetzt bin ich ein Handschuh.
Aaaah ja!
Fühlt sich trotzdem seltsam an, mit einem Handschuh zu sprechen.

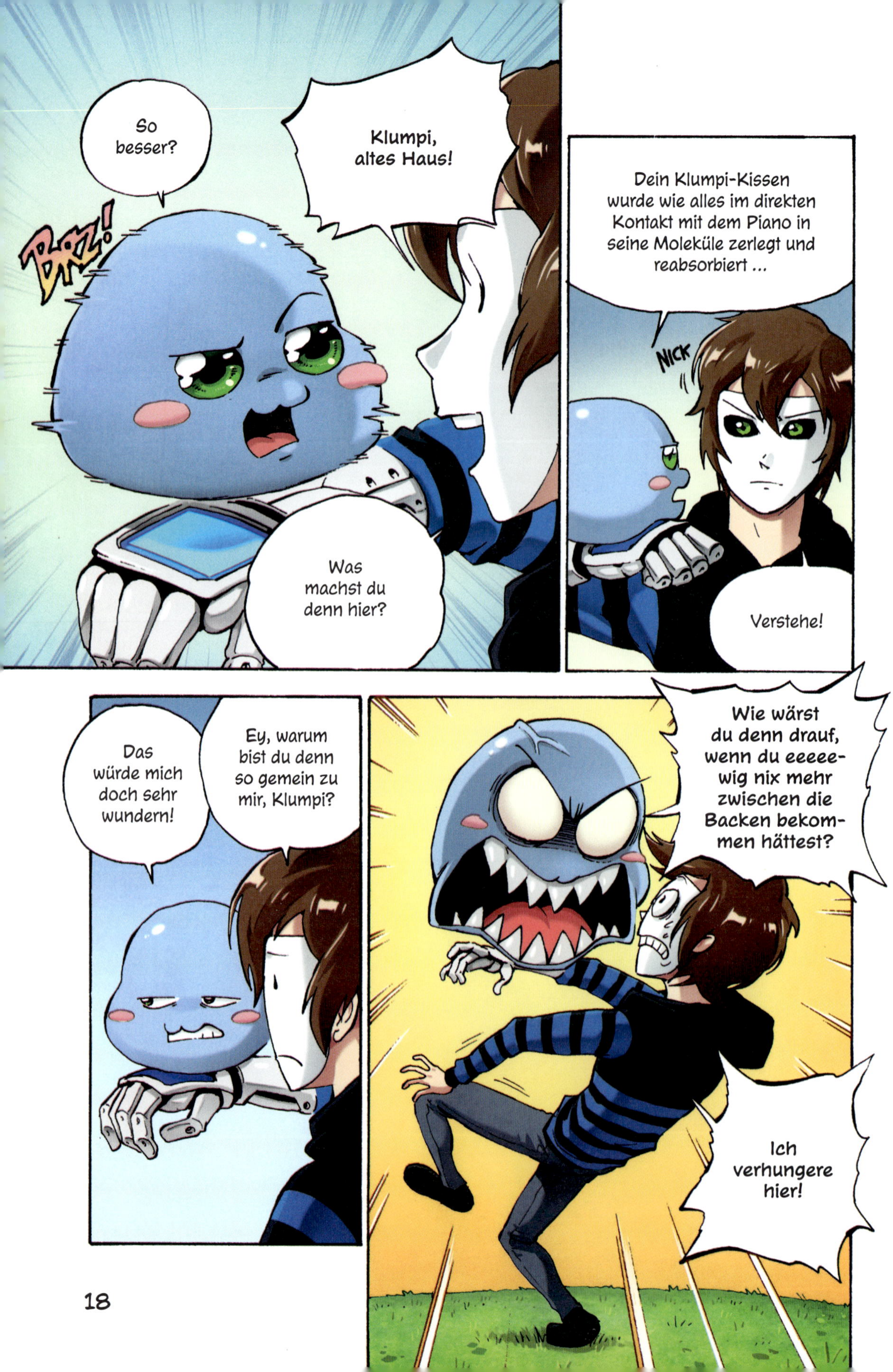
So besser?
BRZ!
Klumpi, altes Haus!
Was machst du denn hier?
Dein Klumpi-Kissen wurde wie alles im direkten Kontakt mit dem Piano in seine Moleküle zerlegt und reabsorbiert ...
NICK
Verstehe!
Ey, warum bist du denn so gemein zu mir, Klumpi?
Das würde mich doch sehr wundern!
Wie wärst du denn drauf, wenn du eeeee-wig nix mehr zwischen die Backen bekommen hättest?
Ich verhungere hier!

Äh, ach so. Sag das doch gleich ...
Sorry, wenn ich hungrig bin, werd ich immer etwas zickig!
HOP!
BEEP!
Wie wär's damit?
Happs!
HOP!

BRZ!
MAMPF!
Knurps! Mjam! Köstlicher digitaler Code!
Etwas blockig im Abgang.
BÖRPS!
Danke, das hab ich gebraucht!
KNURR!!
Ich könnt auch 'ne Kleinigkeit vertragen! Aber digitale Birken-Pixel sind nicht so meins.
Vielleicht log ich mich schnell aus und schieb mir 'ne Pizza rein.
HOP!
Wie schließt man denn dieses Spiel?
Gar nicht.

WAAAS! Das heißt, wir sind hier gefangen? Für immer??
Nun, das Piano hat uns hierhergebracht, also wäre es logisch ...
... wenn es uns auch wieder rausbringen kann.
Dann müssten wir nur noch rausfinden, wo es gelandet ist.
Eine Art Pianokompass könnte helfen ...
Klumpi, du Genie! Ich crafte uns einfach einen!
Schließlich hab ich doch nicht umsonst Hunderte Stunden in dieses Game gesteckt!
DOMP!
Am besten, ich bau den Kompass aus Redstone! Allerdings bräuchte ich dafür erst mal eine Holzspitzhacke, um mir drei Stück Stein zu besorgen.
Danach baue ich mir eine Steinspitzhacke, mit der ich in einer Höhle Eisen hole.
Das schmelze ich in einem Ofen und mach mir daraus eine Eisenspitzhacke, mit der ich dann ganz einfach Redstone abbauen kann!
BLA BLA BLA
KLATSCH!

Es ist fast schon zu einfach.
Oooooder …
… ich fresse noch ein bisschen digitalen Code und erschaffe dir direkt deinen Kompass.
So was kannst du?
Eine meiner leichtesten Übungen! Schmatz!
MAMPF!
BRZ!
Ta-daaa! Ein voll funktionsfähiger Holokompass!
Also, für mich wirkt das ja wie cheaten, aber okay …

Ziel erfasst! Das Piano muss sich in dieser Richtung befinden!
HOP!
HOP
Na, dann nichts wie los, Klumpi!
HOP!

Ähem, eine Sache wär da noch ...
Urks ...
Sorry.
BIEP BIEP BIEBELPIPP!!
BEEP!
SPÜÜÜÜL!

Das ist ja noch viel besser als Virtual Reality!
Ich frag mich nur, warum mich das Piano hierhergebracht hat …
Unklar.
Für eine umfassende Analyse fehlen mir noch Daten.
HILFEEE!
Hö?
Das kam von hinter dem Hügel!
HOP
TAP!
HOP

!!
GAAAAAH!!
HISS!
GRR!!
TAP!
TAP!
TAP!

Was sind das denn für Viecher?
Scanne Gegner! Analyse läuft ...
Keine Referenz in der Datenbank! Sie dürften gar nicht existieren!
Sag das mal denen!
HISSS!!!
WAH!
HISSS!!
Oje!
Verdammt, ein Schwert wär jetzt gut! Aber um das zu craften, bräuchte ich Holz ...
Pfft, Blödsinn! Du brauchst nur lieb zu fragen. Und mich zu füttern!
HOP!

HISSS!
DOMP!
Uff!
Bitte nicht!!
KLONG!
...?

HISS!!

Pass auf, GLP! Die bloße Existenz dieser Glitch-Kreaturen korrumpiert den Code dieser Welt …
Und das bedeutet …?
WHOOSH
Eine Berührung genügt und dein eigener Code löst sich auf! Dann heißt es: GAME OVER!
HISS!!
FWT!
Und das sagst du mir erst jetzt???
Du bist einfach losgerannt!

TSHING!
HISS!!
TAP!
Hey, zwei gegen einen ist unfair!
Ich könnte ein bisschen Hilfe gebrauchen!
Sag das doch gleich.
TA-DA!!

CHING!
CHING!
Doppelter Glitch-Häcksler!
SLITCH!
SLITCH!
FWOO!

SKREEE!
Jaaa! Wir haben es geschafft, Klumpi!
Astrein! Aber über den Attacken-Namen müssen wir noch mal reden.
CLAP!
HOP!
... unglaublich ...

Ihr ... ihr habt es ganz alleine mit zwei Dämonen aufge-nommen! Und gewonnen!
SUCH!
Kann doch nicht sein, dass diese Viecher gar kein Loot gedroppt haben ...
Ich verdanke euch mein Lebe... äääh?
Loot.
Hö?
Kein Problem.
Ich geh dann mal weiter!
Oh, in dieser Richtung liegt auch mein Dorf! Darf ich euch ein Stück begleiten?
Von mir aus, aber beeil dich!

Und wir machen auch keine Pipipause ... äh ...
Wie heißt du überhaupt?
SALUTIER!
Harald, Sir!
Sag mal, Harald ... diese seltsamen Viecher, die dich verfolgt haben, hast du die schon mal gesehen?
Die Dämonen? Ja, Sir! Sie sind eine schreckliche Plage, die unser Land befallen hat.
Ihr müsst wissen, mein Dorf hat den Zorn der Götter auf sich gezogen!
Hö? Was für Götter denn?
Schon lange werden wir von ihnen gepiesackt und gepeinigt.
Sie erscheinen oft wie aus dem Nichts, um zu bestrafen ...
Erst kürzlich hat mich einer von ihnen mit einer Gravity-Kanone durch die Luft geschleudert!
Oh, äh ...

Pst, Klumpi! Meinst du, Harald könnte eventuell mich damit meinen?
Kein Zweifel.
Äh, ahaha!
Also, das hör ich ja ständig.
Du siehst unserem rachsüchtigen Gott übrigens extrem ähnlich!
Ich ... äh ... hab halt so ein klassisches Göttergesicht!
Aber selbstverständlich bist du viel zu hässlich!
WAAAS?

Unser Gott mag zwar fies sein …
… aber sein Körper hat eine wunderschöne kantig-knackige Blockform!
HMPF!
HOP
Und nicht so schwabbelige Nudel-ärmchen!
EY!
WOBBEL
HOP
HOP
GLP! Wir sind da!

Ach, wie viele Abenteuer ich hier schon erlebt habe!
Das Piano muss hier ganz in der Nähe sein!
Ah!
Hey!

Klumpi, da vorn!
Ein Aquarium!
HOP!
?
Er ist es!
Puffi! Schau doch, Klumpi!
BLUBB!
Wie süß der da schwimmt!!
Ja. Total. Können wir uns jetzt wieder auf die Suche nach dem Piano konzentrieren?
HOP
Hör nicht auf den bösen Klumpi, mein kleiner Fratz!
PRESS!
BLUBB
Der ist nur neidisch, weil du viiiiiel niedlicher bist!

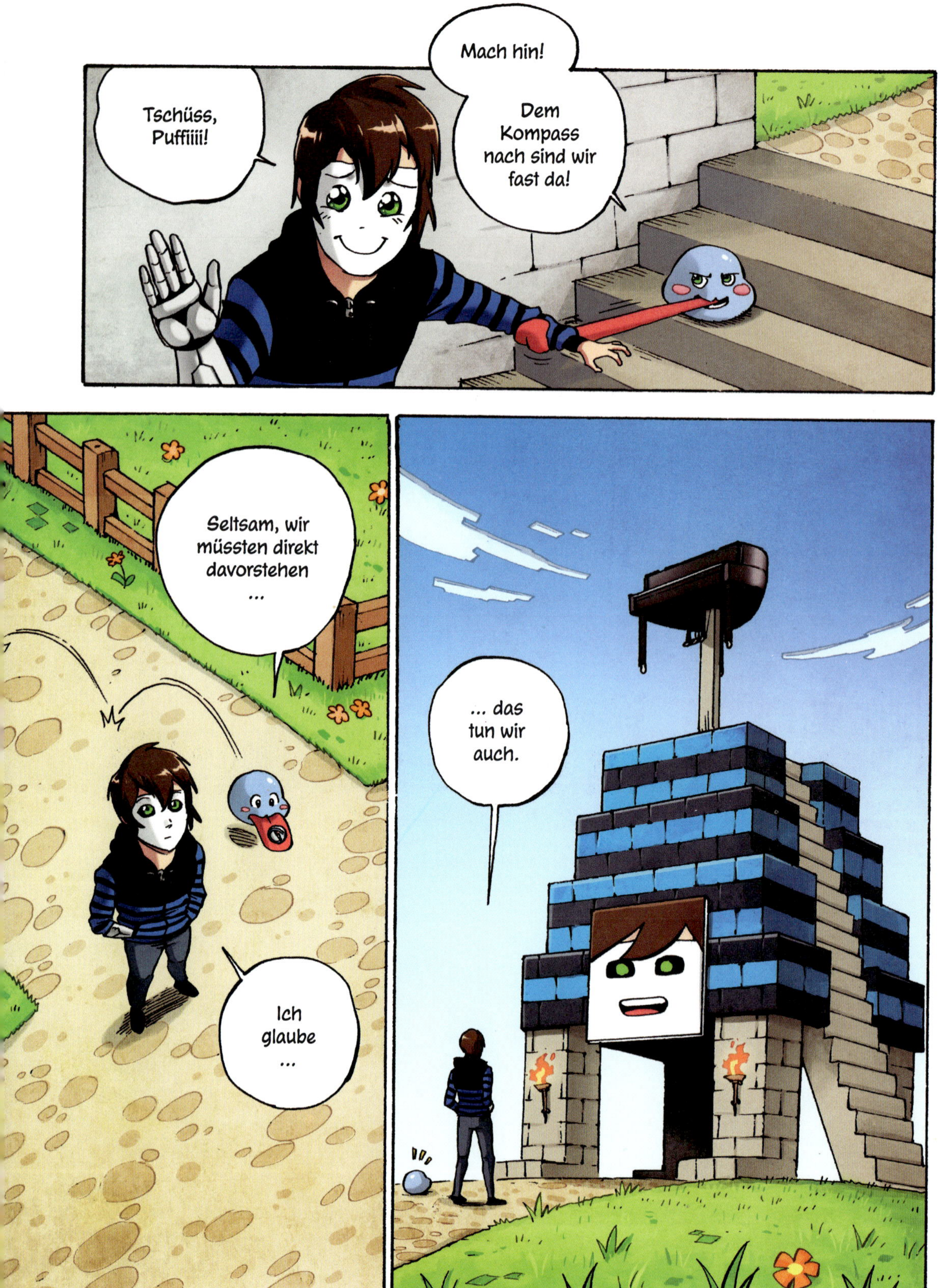
Tschüss, Puffiiii!
Mach hin!
Dem Kompass nach sind wir fast da!
Seltsam, wir müssten direkt davorstehen …
Ich glaube …
… das tun wir auch.

Beein-
druckender
Altar, hm?
Oh, äh,
total!
Ich grüße Euch,
Fremde! Ich bin
der Dorfälteste.
Und Ihr
seid ...?
Nur auf der
Durchreise.
Hm, sagt mal,
Fremder ... Ihr
erinnert mich
an irgendwen,
ich komm nur
nicht drauf.
Haha, Sie glauben
gar nicht, wie oft mir
das passiert! Zufälle
gibt's ...
Also, es kann schon
mal kein Gott sein,
denn dafür ist er zu
hässlich!
Oh, absolut!
Gar keine
Frage!
Könnten
wir uns
wieder auf
die Mission
konzen-
trieren?

Ehrenwerter Dorfältester, um es kurz zu machen: Wir brauchen dieses Piano!
!
Da kennt Ihr unsere Götter nicht ...
Unmöglich! Diese Opfergabe ist den Göttern vorbehalten!
FWIT
Aber die Götter haben bestimmt nichts dagegen, wenn wir es uns nur kurz ausleihen.

Findet Ihr nicht, Ihr übertreibt ein bisschen?
Erst letzte Woche hat unser Gott eine Horde Creeper in meinem Schlafzimmer ausgesetzt! Während ich geschlafen habe.
Wollt Ihr mal die Narbe sehen?
Ist ja gut, ich hab's verstanden!
Wie wäre es mit einem Tausch? Ich bin mir sicher, Euer Gott freut sich noch mehr über … äh …
… Harald!
Oh, würde er? Cool!
Niemand freut sich über dich, Harald.
Oooh …
Nun, eine Sache gäbe es, für die ich Euch das Artefakt überlassen würde …

... aber sie zu erlangen wird gefährlich!
Raus mir der Sprache!
Das legendäre Drachenei!
Ein Drachenei?
Jede Wette, er meint das Ei aus dem Hort des Enderdrachen ...

Laut meiner Datenbank ist der Enderdrache die mächtigste Kreatur im Spiel!
Pfff, mächtig-schmächtig! Mach dir mal nicht ins digitale Hemd, Klumpi!
Am PC hab ich den Enderdrachen schon Dutzende Male besiegt!
Patt!
Abgemacht! Ihr kriegt Euer Ei und wir das, äh, Artefakt.
SHAKE!

Das muss die Höhle sein, die der Dorf-älteste meinte ...
Komisch. Ich dachte immer, dass Ender-drachen nur im Ende vorkommen.
Na ja, ist ja auch egal. Hauptsache, wir finden ...
Das Ei!

Mama ist wohl gerade ausgeflogen ...
Na, umso besser!
GROOARR!!
KLUMPI! Eine WAFFE! SCHNELL!
GROOAR!

BA-DAM!
GROAR!
Na, was bist du denn für ein Süßer?!
GROAR!
Bwahaha! Das ist der gefürchtete Enderdrache?
Nicht wirklich. Der kleine Fratz ist eigentlich ein Bossgegner aus einem alten SNES-Spiel, das ich mal für den Kanal gezockt hatte.
Aber ich hab keine Ahnung, was er hier verloren hat.
Grrr!

Hm, der Code in diesem Teil der Höhle schmeckt irgendwie ... falsch.
SCHLECK
Oh ...
Also, für mich schmeckt das wie ... Stein?
Bisschen gewöhnungsbedürftig ... aber gar nicht übel!
SCHLECK!
BRZ!
BRZ!
Wie ich befürchtet hatte! Ein Riss im Code des Spiels! Daher also der fahle Beigeschmack!
BRZ!
Diese seltsamen Glitch-Dämonen müssen hier rausgekommen ...
BRZ!
Äääh ...

BRZ!
HOP!
BRZ!
Alles okay, Kumpel?
Puh, das war knapp!
Wer weiß, was passiert wäre, wenn mich der korrumpierte Code getroffen hätte ...?

Bestimmt nichts ...
... Gutes.
ROAAAR!!

WAAH!!
HAAA!
VROOAAR!!
FWOO!

G-g-gut gemacht, Klumpi!!
HMPF!
FWIU!
Aber jetzt nix wie raus hier!
So wird das nichts! Ich bin zu schwer beladen!
SNAP!
Sagst du, ich bin fett?!
Klumpi! Kannst du einen Bogen erschaffen und mit einer Feuerwerksrakete kombinieren?
Theoretisch schon, aber das wird ihn nicht auf-halten!

Mach's einfach!
FWOO!!
Okay! Okay!
TA-DA!
TWONG!

FWIT!
Vorbei!
KABOOM!!!
ROAAR!

Boom!
CRUNK!
Noch mal!
Später vielleicht ...
Zurück im Dorf ...
Ihr lebt!
Was für eine schöne Überraschung!
Klaro ... Keuch, keuch ... Viel Spaß mit Eurem Ei.

Nun, ein Deal ist ein Deal.
Harald, walte deines Amtes!
Jawohl!
Hey! Das brauch ich noch!
KLONK!!
Na, dann ab nach Hause!
Laut Scan ist alles noch heile!
Aber wie genau stellen wir das an? Vielleicht muss ich einfach nur das Lied spielen, das uns hergebracht hat?
Wie ging das noch mal?

Äh, GLP ...?
Nicht jetzt, Klumpi. Ich hab's gleich.
Dim-daa dam dum di da ...
Aber das musst du sehen!
BRZ!
Der Riss! Er ist uns gefolgt ...

SHWOO!!
... und er kommt immer näher!
Einfach nur nach-spielen reicht wohl nicht ...
Vielleicht muss ich das Lied fort-setzen?
GLP, der Riss ver-schluckt das Dorf! Wir müssen irgendwas tun!
Ich tu doch was! Ich versuch uns hier rauszuholen!

Die Götter haben das Drachenei verschmäht!
WAH!
FWOO!!
Wir brauchen das Artefakt zurück!
Sorry, Harald.
WHOOSH!!
Ein Deal ist ein Deal!
Aber ...
aber ...

Was ist mit unserem Dorf?
TWOO!
Sobald ich wieder an meinem Computer sitze, versuche ich der Sache auf den Grund zu gehen!
SHWOO!
Mehr kann ich für euch leider nicht tun ... sorry.
DOM!

FWOOO!!
ZIUM!

Puh, gerade noch geschafft!
Das können die Villager nicht von sich behaupten!
Ach, komm schon, Klumpi.
Das waren doch nur NPCs. Die sind nicht echt!
Nicht echt?
Und was bin ich dann für dich?
Freuen wir uns doch erst mal darüber, dass wir wieder zu Hause si...
PAT!

RATTATATATA!!
RAFFTATATATA!!
WAAAH!!
TATATA
Irgendwie hatte ich meine Wohnung ganz anders in Erinnerung!
So mit weniger Blei in der Luft!
RAFFTATATA!!

Kein Wunder!
Laut Scan sind
wir schon wieder in
einer digitalen Welt
gelandet!
SCHLECK!
PENG!
PENG!
RATTATATA!
Aber natürlich!
Dass ich da
nicht selbst drauf-
gekommen bin!

PENG!
Klumpi, ich hab dieses Game doch schon hundertmal gezockt!
Wir sind in der Welt von GT...
KLONK!
-AAAAAAH!!!
BOOM!

Ladet die Beute ein.
BRUNO
Und dann nichts wie weg, Leute!
CLICK!
RATATATA!
PENG!
PENG!
Was is' mit dem Ding, Boss? Gehört das auch zur Beute?

Bitteee!
Egal, wirf's in den Truck!
PENG!
H-hey!
Die Typen klauen mein Piano!
VROOOUM!!
Komm schon, GLP! Wir dürfen sie nicht entkommen lassen!
HOP
Keine Angst, ich weiß, wie das hier läuft …

Als Erstes brauchen wir 'nen fahrbaren Untersatz!
Perfektes Timing!
Hey!
Der nimmt uns sicher mit, wenn wir nett fragen.
Raus da! Das ist ein inter-dimensionaler Notfall!
Oh ... Na-na, dann ...

Das Finger-spitzengefühl einer Dampf-walze ...
Hey, geht das nicht ein bisschen schneller?
TUMTUMTUM!
VRM!!
Genau mein Geschmack ...
Was?
Sofort aussteigen!
Das ist ein inter-dimensionaler ...

... äh ... öh ... Bizeps-Check ...?
PIEK
Ja ... alles okay mit Ihrem! Vielleicht sogar ein bisschen zu muskulös ...
... aber da wollen wir mal nicht so sein, AHAHAHA!
Weiterhin noch eine gute Fahrt und fröhliches Bizeps-Pumpen!
Das war knapp. Fast hätt ich deinetwegen Ärger gekriegt.
PIEK

Kein.
Wort.
Deal ...
VROOUM!
BAM!
WAH!
Aber nur, wenn du aufhörst, Anhalter mitzunehmen!
Sonst haben wir bald die Polizei am Hals!
PLING!
Hö?
Schon gut, sag mir lieber, wohin ich fahren soll!
CANDYBOX
Der Pianokompass sagt: Links abbiegen!
SQUEE!

Da vorne ist der Truck!
Sieht aus, als würden sie ihre Beute in den Zug laden!
Mist! Wenn uns nicht schnell was einfällt, können wir uns vom Piano verabschieden.
Moment ...! Ich hab's!
Wusstest du, dass ich ein Meister der Verkleidung bin?

Gemein ...
Ja, Boss.
Schon müde? Braucht ihr ein erholsames Vorabendschläfchen? Und 'nen schönen warmen Kakao? Macht hinne!
Bring mal Ruhe rein, Bruno. Haste Schiss, dass uns die Bullen erwischen?
Ach, komm, Brandy.
Das bisschen Polizei hat mich noch nie beeindruckt.
Aber es gibt da jemanden, einen neuen Gangsterboss! Keiner weiß, wer er ist, aber auf der Straße erzählt man sich die wildesten Geschichten über ihn.
Ich hab gehört, er hätte mal 'ne ganze Gang im Alleingang plattgemacht!
Und ich hab gehört, er hätte 'nen Helikopter in 'nen Supermarkt gecrasht, nur um seine Salzstangen nicht zahlen zu müssen.

Also, ich hab ja keine Ahnung, von wem ihr da sprecht, werte Mitgangster …
KNURPS!
… aber klingt nach 'nem ziemlich coolen Typen!
KNURPS!
CRUNCH!
Eventuell war's keine so gute Idee, hier einfach reinzu-spazieren …
Warum?
Meine Verkleidung ist mega-gut!
WA-RUM??!
Weil es so klingt, als hättest du dich auch in dieser Welt nicht gerade beliebt gemacht …

Woher soll ich denn wissen, dass sich die blöden NPCs alles merken?
KNURPS!
Was laberst du da?
Ach, nichts. Ahahaha!
KNURPS
Also, ich geh dann schon mal an Bord und schau, wie es unserer Beute so geht! Man kann ja heutzutage nicht vorsichtig genug sein ...
KNURPS!
Wer is'n die Knall-tüte?
?!
Schon alle?
Re-spawnen die nicht?
RAMSCH!
Pretzel Sticks
FWT
DOM!

!!
PLING PLING PLING PLING PLING!
ALTER! HAST DU GERADE DIE UMWELT VERSCHMUTZT?
BIST DU WAHNSINNIG? DAS IST 'NE STRAFTAT!!
Hä?
WEE-OOO WEE-OOO!
Was?!
POLICE
"Obey & Survive"
SQUEE!
VROOOM!

Scheiße, die Bullen! Abfahrt!
Wie war das vorhin? „Die Polizei hat mich noch nie beeindruckt“?
Das ist unkonstruktiv, Brandy!
TSHOK!
BRUNO
TSSH!!
PENG!
GODONG!
GODONG!
GODONG!
GODONG!
Hey! Wartet auf uns!
Mist, das Piano war zum Greifen nah!
GODONG!
Mir knurrt der Magen! Ich könnte mal wieder was zwischen die Backen vertragen!
Keine Zeit für Snacks, Klumpi! Wir müssen hinterher!
KNURR!

STOPP!
PENG! PENG!
Uuund die Polizei abhängen! AAAH!
THUD!
Gut, dass wir unseren Wagen direkt hier geparkt ha...!
PENG!
PENG!
PENG!
KABOOOM!!
Okay, Plan B! Wir brauchen ein neues Fahrzeug! Irgendeins! Hauptsache, schnell!

FWOO!
Wahnsinn! Du hast die Polizei wirklich auf diesem Drahtesel abgehängt!
Klar doch ... KEUCH ... ich bin ja schließlich ... SCHNAUF ... Progamer!
GRRMBL!!
Und ich bin hungrig!!
Kann das nicht ... HECHEL ... noch ein bisschen warten?
NEIN!
!
Klumpi, guck! Da ist der Zug!
GADONG!
Und wie willst du da ran? Wir können ja wohl kaum runter-spri...

WAAH!!
War ja so was von klaaaar!!
BA-BUMP!
Uff!
Wow! Ehrlich gesagt war ich mir nicht sicher, ob das klappt!
Hätte ich Hände, würd ich klatschen. Und jetzt fütter mich!

GA-DONG!
!
Hey! Da ist einer aufm Dach!
Öfter mal ...
... das Fahrrad nehmen!
FWT!
BAM!
uff!
GA-DONG!
Gute Fahrt!
Wow, finster!

Geht's da rein?
Nicht nur das.
Hier drin ist das ganze Diebesgut.
GA-DONK!
Ganz leise, Klumpi!
Wir sneaken hier geschmeidig durch, schnappen uns das Piano und verkrümeln uns.
FRAGILE
BRUNO

Äääh …
Fahrkarten bitte …?
Das ist der Penner, der uns die Bullen auf'n Hals gehetzt hat!
Oh … äh, das muss ein Missverständnis sein. Der Typ, von dem ihr sprecht, trägt ein Halstuch … und ich trage keins, also können wir gar nicht dieselbe Person sein, und …
Macht ihn kalt!
FIVE

Klumpi!
Eine Waffe! Schnell!
So ... huuungrig ...
BR!
SLURP!
Was soll das, Klumpi? Komm sofort wieder raus!
YAAA-AHH!!
BEEP! BEEP! BEEP!

FWIT!
Schmollst du jetzt ernsthaft, weil ich dich nicht gefüttert hab?
HA!
WHOO!
FWOO!
KLONK!
Na gut, dann muss ich halt alleine klarkommen ...

Die müssen doch irgendwas geklaut haben ...
... das ich als Waffe benutzen kann!
RAMSCH!
WÜHL!
AHAAA!
Okay, wer will als Erstes auf die Fresse?

Woah! Vorsichtig mit dem Teil!
Spinnst du? D-das ist ein Sammlerstück!
Das hässliche Ding?
Gebt mir einfach mein Piano zurück ...
... sonst ist der traurige Clown ...
... ein toter Clown!
BAM!
Tut, was er sagt!

Vorsichtig! Das war teuer!
RUMS!
Alles wird gut, mein geliebtes Geilo-Teilo!
Jetzt bist du wieder bei Papa!
Ein Deal ist ein Deal!
FWIT!
Und jetzt geht's endlich ab nach Hause!

Diese Kaltschnäuzigkeit ...
Du bist es, hab ich recht? Der mysteriöse Gangsterboss, vor dem alle Angst haben!
Wusste ich's doch.
Tja ... es ist ein bisschen kompliziert, aber da ich in einer Minute eh weg bin, kann ich's euch ja sagen ...
Ich bin's!
PENG!!
HEY!
Ich dachte, wir hätten einen Deal!

Falsch gedacht.
PENG!
Wenn es sich auf der Straße rumspricht, dass wir dich ausgeschaltet haben, sind wir die neue Nummer eins der Unterwelt.
Wartet doch mal! Das ist alles ganz anders! Ich sollte nicht mal hier sein!
GADONK
GADONK
Hö?
Das kam vom Dach. Wie du vorhin … Ist das einer deiner Kumpels?

BZZ!
Das ist doch ...
Oh nein! Es glitcht!
BRUNO
BZZ!
Das stimmt. Es klatscht gleich!
Aber ohne Scheiß ... Was ist das für 'n Trick?
Auf dem Dach sind Glitch-Dämonen!
Ihre bloße Anwesenheit korrumpiert den Code dieser Welt!
Junge, der Kleber, den du schnüffelst, korrumpiert deinen Kopp!

WAAAAH!
GRAB!
BRZ!
BRUNO
Scheiße, was war das?
GLITCH-DÄMONEN! HAB ICH DOCH GESAGT!
Sie sind also auch in dieser Welt ... Das kann doch alles kein Zufall sein.

Ist es auch nicht ...
Kuckuck.
WAH!
Hö?
DoDong!
Diese Stimme eben ...
Was zur Hölle ...?! Entgleisen wir??
Die kommt mir verdammt bekannt vor!
Unmöglich! Das kann nicht wahr sein!

Oh, aber das ist es!
BRZ!!
BRZ!
BRZ!

Robo-GLP? Bin ich jetzt komplett durchgeknallt?
Aber ... aber ... du bist nicht echt! Du bist nur ein Avatar, den ich mir mal für den Kanal ausgedacht hatte!
Vielleicht war ich das einst.
Aber wie du siehst ...
BRZ!
... bin ich mittlerweile viel mehr!
KRONK!

Dachtest du wirklich, du könntest mich wie eine Marionette für deine Videos tanzen lassen und dann einfach vergessen?
Als wäre ich ein Spielzeug ...
... das seinen Zweck erfüllt hat und wieder in einer staubigen Schublade verschwindet ...
DODONK!
BRZ!
... oder irgendein jämmerlicher NPC aus einem deiner kleinen Games?
PENG

Nein, ich bin mehr als dein „Avatar". Schließlich habe ich es geschafft, dich hierherzulocken!
Okay, du bist sauer. So viel hab ich verstanden …
Aber was willst du jetzt von mir? Hast du mich wirklich hierhergebracht, um mich vollzusülzen?
Aber nicht doch …
Erst lösche ich deinen Kanal und dann dich!
Ist dein Code, dein Geist, erst mal ausradiert, werde ich mein Bewusstsein in deinen Körper uploaden …

... und endlich frei sein!
Hey, du kannst meinen Körper nicht haben!
Den brauch ich noch!
Nicht mehr lange, GLP!
SNAP!
BRZZZ!
BRZ!

Oh, oh!
BRZ!!
Raus hier!
WOOSH!
Nicht das Piano!
BRZ!!
Hier-geblieben!

BRZ!!
NEIIIN!!
Verdammt!
Komm schon, Klumpi! Hol uns hier raus!
BRZ!
Du kannst mich doch jetzt nicht hängen lassen!
TIP!
Tu etwas! Irgendwas!
WAAAH!!
BRZ!

Game over?!
Heißt das etwa, das war's?
Das Ende ...

... hatte ich mir immer ganz anders vorgestellt.
BLINZEL
Boah, zieht sich das. Warum dauert Sterben denn so lange?
Weil du gar nicht stirbst. Noch nicht jedenfalls.

Wir befinden uns im Limbus.
Der digitalen Vorhölle.
Äh ...
Ah, Klumpi! Ich bin's, GLP!
Ja, ich weiß.
Da biste ja wieder.
Aber sag bitte noch mal, wo wir sind. Lübeck?
SEUFZ
Der Limbus. Eine Art temporärer Zwischenspeicher.
Hier warten Dateien darauf, endgültig gelöscht zu werden.
Noch nicht ganz gelöscht ...

Dann haben wir noch eine Chance, hier rauszukommen!
Nope. Nicht ohne das Piano ...
Oh nein. Nein, nein, nein, nein ...

Vielleicht, wenn ich das Teil ... ah ... das hier ...
Nee, total im Eimer ...
Japp.
„Japp"?! Ist das alles?! Jetzt tu mal nicht so abgeklärt! Wenn du mir geholfen hättest, statt beleidigte Leberwurst zu spielen, wären wir hier gar nicht gelandet!
Und wenn du dich besser um mich gekümmert hättest, wär mir im entscheidenden Moment auch nicht die Puste ausgegangen!
Hättest du halt mal was gesagt ...
Welchen Teil von „Ich verhungere" hast du nicht verstanden?

Öööh! Ich bin Görman-LetsPlai!
Das Wohlbefinden von digitalen Wesen is' mir scheißegal!
So sprech ich gar nicht!
Tust du wohl!
So, jetzt reicht's. Wo ist denn hier der Mute-Button?
Vielleicht hatte Robo-GLP recht. Vielleicht sind wir für dich wirklich nur Spielzeuge …
Pfff! Wenn du diesen Robo-Trottel so cool findest, warum gehst du dann nicht ihm auf die Nerven?
Ich komm auch gut ohne dich klar.

Ach ja?
BRZ!
Mach's gut, GLP.
?!
ZSH! KLACK!
ZUN!
KLACK!
ZSH!
FWOOSH!!

ZSH!
Klumpi!
Jetzt warte doch mal! So hab ich das doch nicht ...
... gemeint.
Klumpi ...

Super gemacht, Manuel ...

Ganz allein im absoluten Nirgendwo ...

Ohne Ziel, ohne Plan und ohne Hoffnung.

RASCHEL!
Klumpi!

FWOOSH!
!
Sir GLP!
Harald!
URGS!
WUMS!

Was machst du denn hier?
Verzeiht, Sir! Ich dachte, Ihr wärt einer dieser fürchterlichen Dämonen!
Zumindest fühl ich mich wie ein Monster ...
Ach was, Sir!
Ich hätte einfach besser gucken sollen. Trotz Ihres unvorteilhaften Gesichts wäre klar gewesen, dass Sie keins von den dämonischen Geschöpfen sind.
Doch ich bin einfach zu eitel, eine Brille zu tragen, haha!
Äh, das meinte ich nicht.
Diese Ruinen hier ...
Das sieht aus wie die letzten Reste meines Kanals.

Der Riss ... die Glitch-Dämonen ... all das ist meine Schuld!
KICK!
Wie meint Ihr das?
Vor ein paar Jahren ging's mir ziemlich mies. Ich hatte mir eine ziemlich heftige Halsentzündung zugezogen.
Wochenlang war meine Stimme weg. Und zum ersten Mal, seit ich den Kanal hatte, konnte ich keine Videos aufnehmen. Das war so ... frustrierend.
Da kam mir die Idee mit Robo-GLP! Ein Avatar mit Roboterstimme, der meine Texte vorlesen konnte! Ich fand's damals einfach nur witzig und hab mir nicht viel dabei gedacht.
Aber irgendwie muss ein Teil meiner negativen Emotionen in Robo-GLP geflossen sein und ein Eigenleben entwickelt haben.

Und jetzt hat er sich irgendwie verselbstständigt und will meinen digitalen Körper übernehmen, um sonst was für 'ne Robo-Psycho-Nummer in der echten Welt durchzuziehen.
Und als ob das nicht schon übel genug wäre, hab ich auch noch meinen einzigen Freund in diesem digitalen Albtraum vergrault.
Einen Freund habt Ihr noch, Sir!
Danke, Harald ...

Ich war wirklich nicht sehr nett zu dir, hm?
Ändert zwar nichts an unserer aktuellen Lage, aber ... sorry wegen der Sache mit der Gravity-Gun ...
Ach, schon okay! Das bisschen Schwerkraft-Schabernack, haha!
Aber es gibt da ein paar Leute, die das sicher auch gern hören würden.
Kommt mit! Wird unangenehm für Euch.
Hö?
Das ist es.
Hier haben sich die letzten Überlebenden der Weltenlöschung versammelt.
Bekannte Gesichter dabei, nicht wahr?
Oje!

Das sieht wie ein Best-of meines Kanals aus. Vielen von denen hab ich bereits die verrücktesten Dinge angetan.
Nur in „Let's Plays", versteht sich.
Irgendwann könnt Ihr mir ja mehr über diese „Let's Plays" erzählen.
Aber jetzt solltet Ihr erst einmal die Überlebenden begrüßen.
Leider sind nicht alle unbeschadet hier angekommen ...
Und manche fingen sogar selbst an zu glitchen.
KCH!

FAUCH!
Ich blätter um, sobald ich mit der Seite durch bin.
Ähem ...
Also ... Hallo, alle miteinander. Ich wollte nur mal sagen, dass ...
Schnauze, ich versuch zu pennen!
Mooooment! Das ist doch ...
... der Lappen, der uns das alles eingebrockt hat.
Du hast uns verdammt! VERDAMMT!
RRR!
Haltet ein!

Sir GLP sitzt hier genauso fest wie wir! Auch er wurde reingelegt!
Genau! Von meinem imaginären Robo-Avatar, der jetzt riiiesig ist.
...
Na ja, ist 'ne lange, komplizierte Geschichte. Und ehrlich gesagt versteh ich's selbst nicht so richtig. Haha!
GRRR!!
IIIIIKS!
Ähem ... also, was ich eigentlich sagen wollte, war, es tut mir leid, wie ich euch behandelt habe.

Und ich wünschte, ich könnte es wiedergutmachen. Aber dafür bräuchte ich mein Piano und das ist ... komplett im Arsch ...
So wie wir.
Dann bleibt uns wohl nichts anderes übrig, als auf unsere endgültige Löschung zu warten.
Ich hab alle enttäuscht.
Ach, davon kann ich ein Lied singen, Sir!
Hm?
Der Dorfälteste ist ständig von mir enttäuscht! Einmal habe ich ihm einen Kuchen gebacken und er hat ihn nach einem Bissen direkt in den Müll geworfen. Das war vielleicht ein verrückter Vatertag ...
Harald!

Was hast du eben gesagt?
Äh ... ich hatte einen Kuchen gebacken ...
Nein, davor! Du sagtest, du „kannst ein Lied davon singen“! Das ist die Lösung!
Öh, ich fürchte, ich kann Euch nicht folgen, Sir.
Was, wenn es nicht das Piano ist, das die Reise in den digitalen Welten ermöglicht, sondern das Lied?
MIND BLOWN!
Die ganze Zeit dachte ich, wir bräuchten das Piano, um hier rauszukommen. Aber das Piano ist nur ein Instrument! Ein Medium für die digitalen Signale!
Schade, dass wir kein anderes Instrument haben.
Natürlich haben wir das!
Bist du eher ein Bariton oder ein Tenor?

Und Ihr seid sicher, dass das funktionieren wird, Sir?
Ey, Lappen, wenn das nicht klappt, verpass ich deiner Maske 'n paar neue Luftlöcher.
Ro-aaahr?
Es wird funktionieren! Aber nur, wenn wir alle zusammenarbeiten!
Also lasst uns das alle gemeinsam durchziehen. Los geht's!
KLACK!
♪

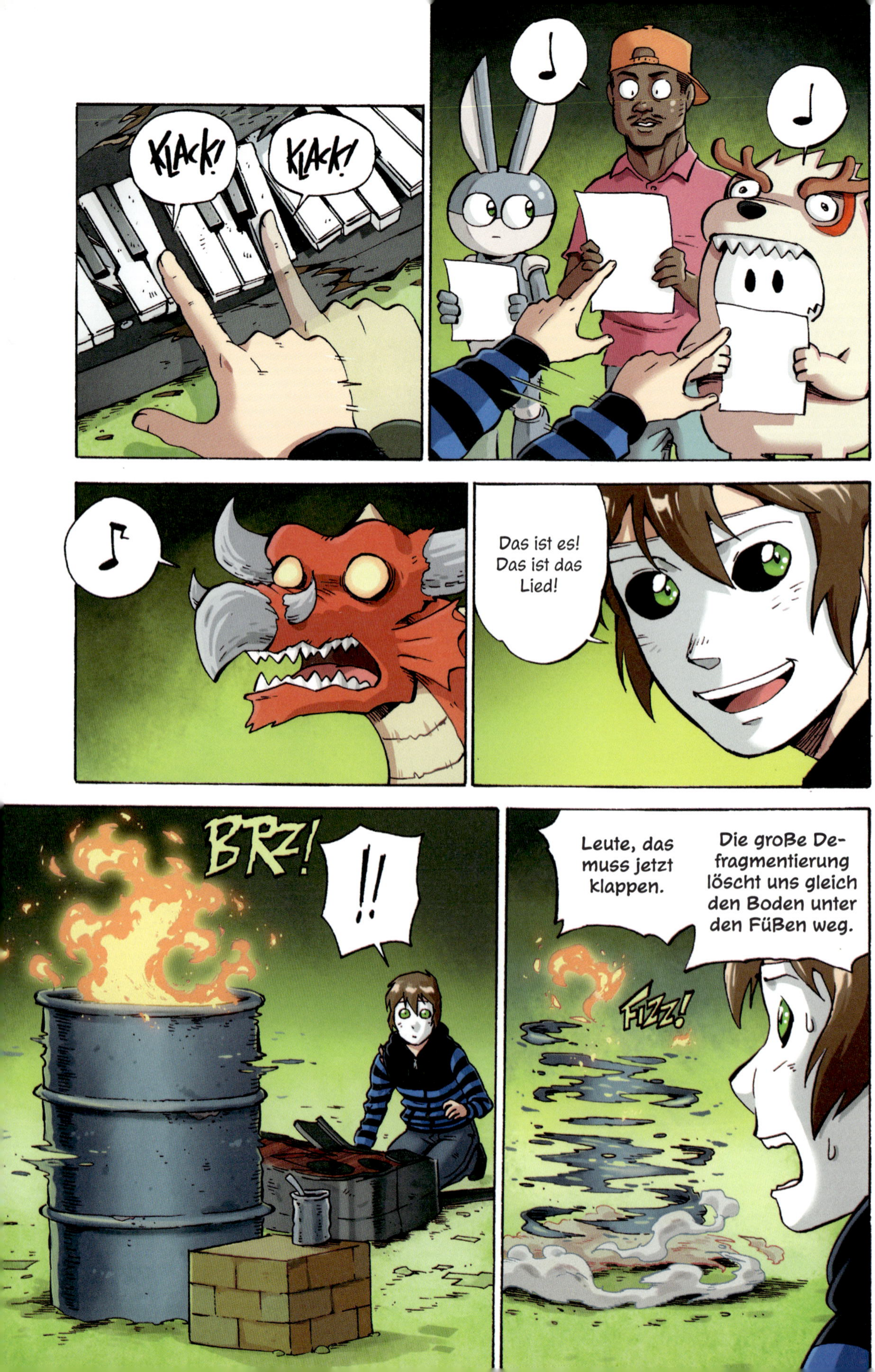
KLACK!
KLACK!
Das ist es! Das ist das Lied!
BRZ!
!!
Leute, das muss jetzt klappen.
Die große Defragmentierung löscht uns gleich den Boden unter den Füßen weg.
FIZZ!

ZUUUN!
Ha, da haut's mir doch glatt die Streifen aus'm Pulli! Die Schnapsidee funktioniert tatsächlich!
Hey, Leute ...
Mir geht's nicht so ...
BRZ!
Er wurde gelöscht!
Unser Sopran!

Ohne Sopran können wir das Lied nicht zu Ende singen!
Die Energiekugel baut sich wieder auf!
ZUUUN!
WAHOOO!!

FWOOO!!!
FWOOM!!!

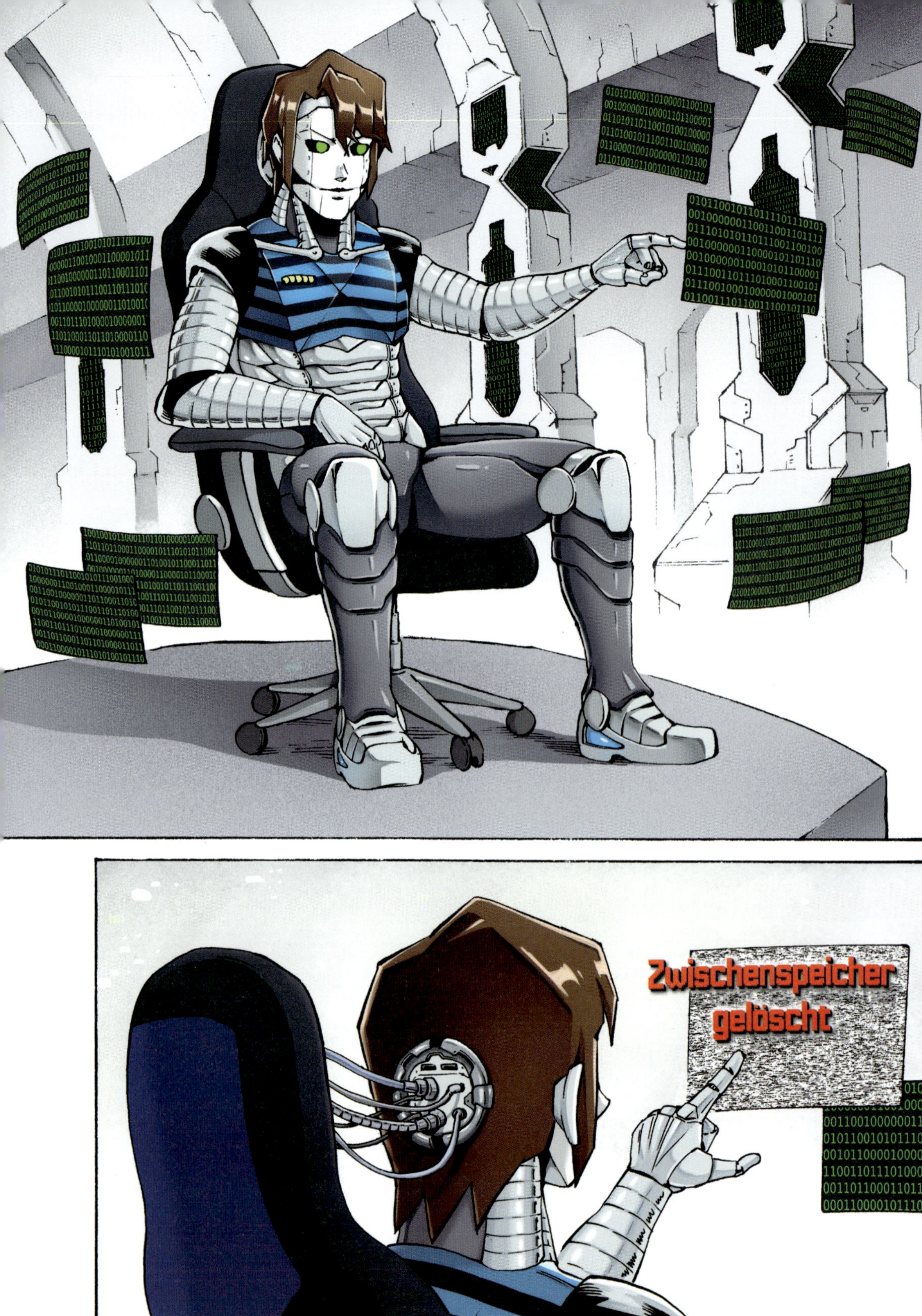
Zwischenspeicher
gelöscht

Damit stirbt der letzte magische Rest von GLPs Werk ...
SWIPE!
CLACK!
... und meinem Aufstieg steht nichts mehr im Weg!
Alter, was für 'n protziger Thronsaal ist das denn?
Mir persönlich wär's ein bisschen zu viel „Game of Thrones“ im Weltall ...
Aber wem's gefällt ...
Ich ...

... habe dich erwartet!
Bi-bu! Bi-bu! Ich-bin-ein-Ro-bo-ter!
Das wolltest du doch sagen, oder?
Was? Nein.
Na, aber sicher doch. Das ist genau die Art abgedroschener Text, die so 'n Megafiesling von sich geben würde.
Halt deine ...
Na, wie auch immer ... Ich bin jedenfalls hier!
Und das bedeutet, dein „Aufstieg" verzögert sich leider etwas!
Du magst mich erschaffen haben, aber ich bin schon lange keine Puppe mehr!
Und du befindest dich in meinem Reich.
Also sag mir, GLP ... wie willst du mich aufhalten?

HISS!!
BZZT!

Mit der Hilfe von ein paar Freunden.

WHOOM!!

Vernichtet
die Ein-
dringlinge!
HISS!!
Durch-
sieb die
Freaks!
PENG!
RATTATA!!

WHOA!
Vorsicht, sie oder er ist sehr sensibel.
Fang, Lappen!
FWIT!
GRAB!
Danke sehr!
JAAAA!!
GROAR!

Lust auf Baseball!?
FWOO!!
WHOOM!
JUMP!
Dürfte ich noch um ein Upgrade bitten?!
FWOO!
ROAR!
Jawoll!

FWOOM!
Flammender Power-Knüppler!
GRAB!

Starker Angriff ... aber der Attacken-name?
Gewöhnungs-bedürftig.
Mein Handschuh! Das ... das kann nicht sein!
Ich gebe zu, ich habe mir auch ein bisschen Hilfe geholt.
CRAKK!

Aber ihr kennt euch ja bereits!
BRZ!
Klumpi!
Nach eurem kleinen Streit kam Klumpi direkt zu mir.
Ich verstehe ihn viel besser, als du es je getan hast.

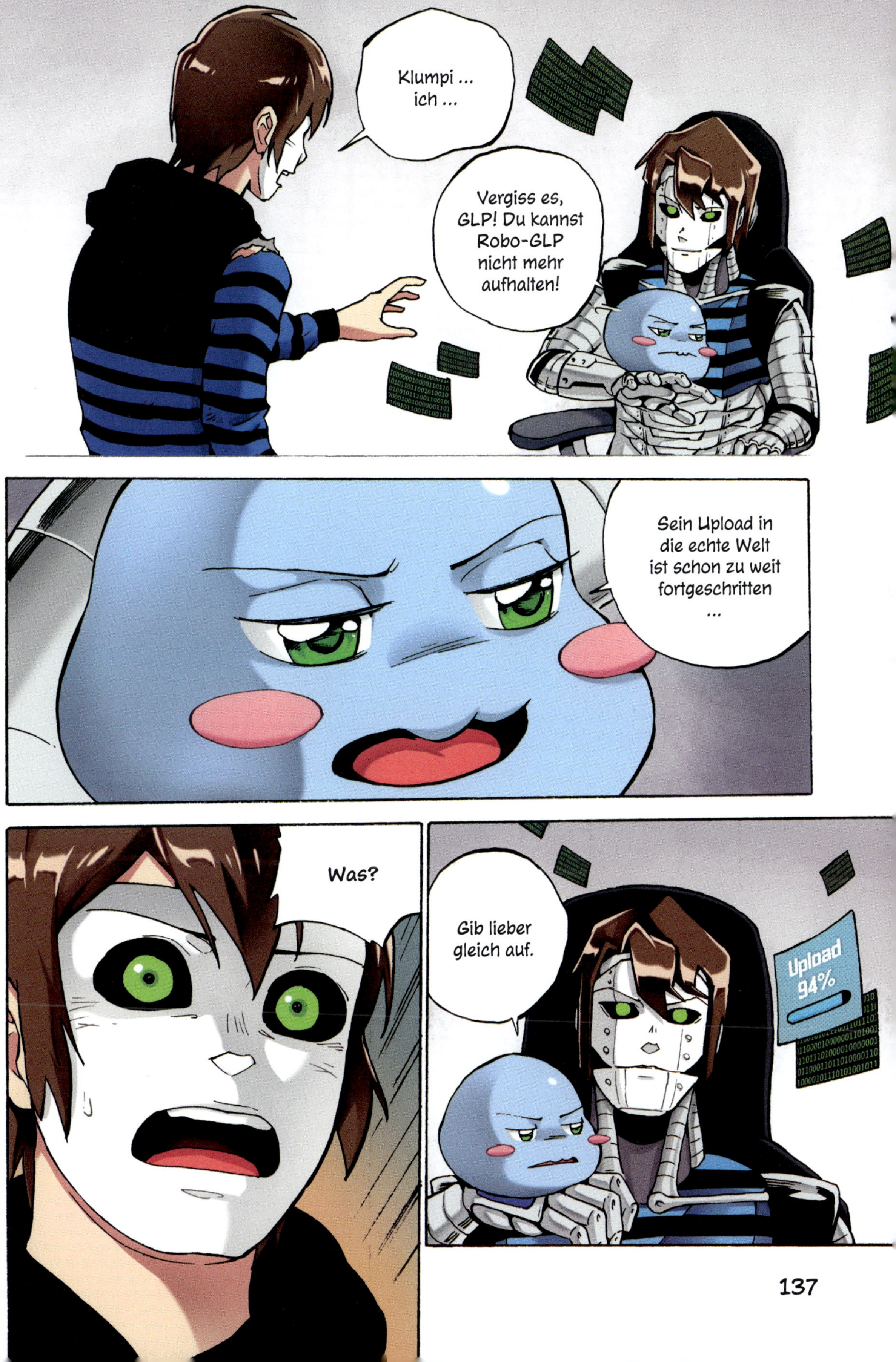
Klumpi ... ich ...
Vergiss es, GLP! Du kannst Robo-GLP nicht mehr aufhalten!
Sein Upload in die echte Welt ist schon zu weit fortgeschritten ...
Was?
Gib lieber gleich auf.
Upload 94%

So ist es! Und nun, mein Freund ...
... ist es Zeit für deine Fütterung!
Wie Ihr befehlt!
ZWINKER!
Hö?

HAMS!
Ha. Ha. Ha. Endlich bin ich frei! Nun steht meinem Aufstieg nichts mehr im ...
Upload 96%
Moment ...! Irgendetwas stimmt nicht!
Was ist das, Klumpi?
Upload 97%
20%

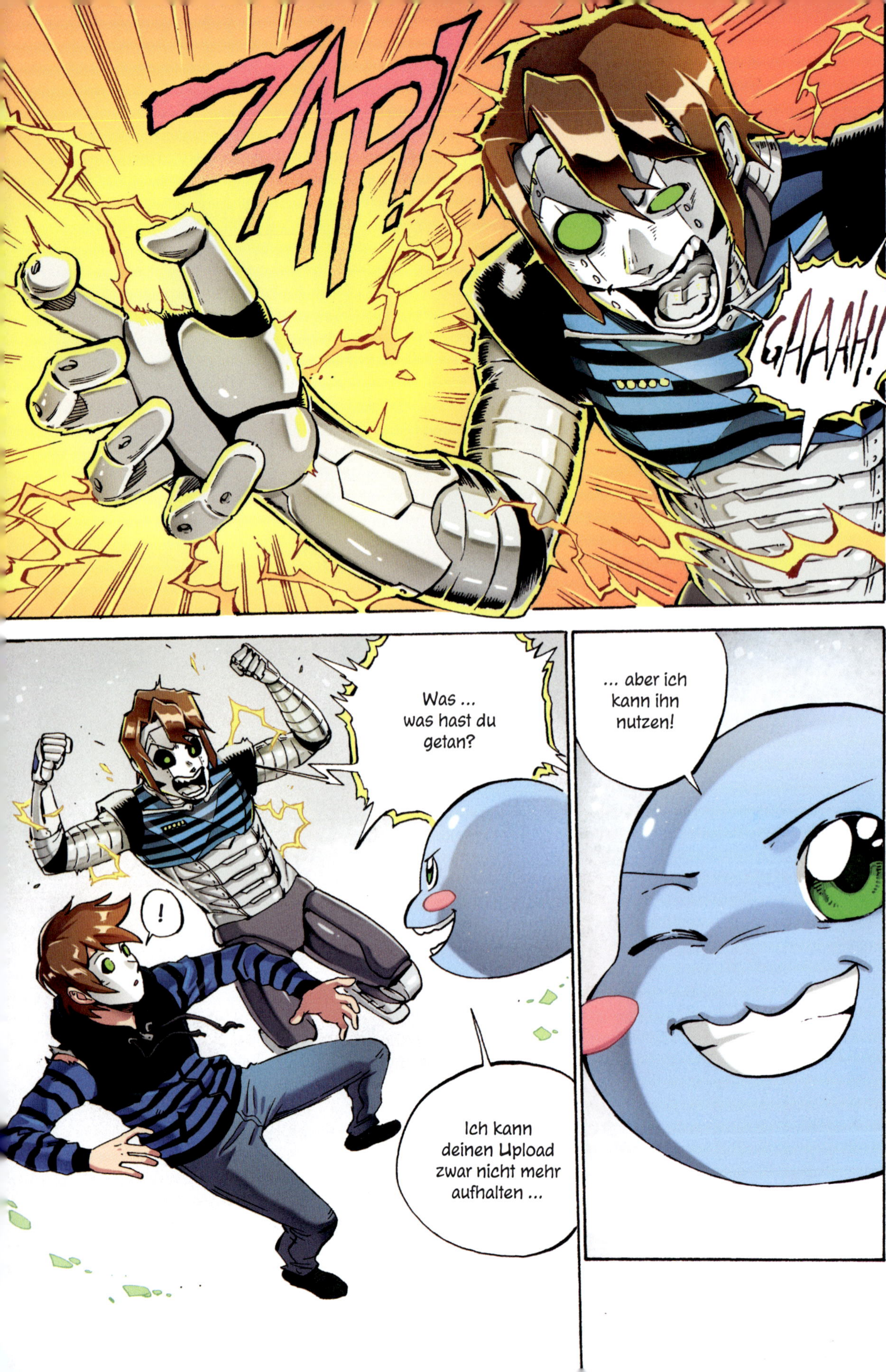
ZAP!
GAAAH!
Was ... was hast du getan?
!
Ich kann deinen Upload zwar nicht mehr aufhalten ...
... aber ich kann ihn nutzen!

Was soll das heißen?
Da ich alles, was ich fresse, in Code umwandeln kann, vereine ich einfach eure Daten!
So werdet ihr zusammen in GLPs Körper geladen!
Du Verräter! Dann war das alles nur ein Trick?
Natürlich! Ich musste mich dir anschließen, um dein Vertrauen zu gewinnen!
Das war die einzige Möglichkeit, um Robo-GLP zu schlagen.
Ich wusste doch, dass du mich nicht verraten würdest, Klumpi!

Kannst du mir verzeihen, Kumpel? Ich verspreche auch, dass ich dich ab jetzt immer rechtzeitig füttern werde ...
Und ...?
... und dass ich deine Kacke wegmache.
Ehren-wort!
Okay, ich bin bereit! Lade uns hoch, Klumpi!
Denk nicht mal dran! Diese ganze Nummer sollte dazu dienen, mich von ihm zu befreien.
Nicht, mit ihm zu verschmel-zen.
Hey, hat diese Prozedur eigentlich irgendwelche Neben-wirkungen?
Öh, ich glaub nicht.

Los geht's!
Hnnng!
ZUN
ZUUN!
NEIIIIIN!
Wir sehen uns in der echten Welt!
ZUUN!
Auf-hööören!
Sorry, GLP ...
ZUUN!

... aber für mich ist hier Endstation.
Was?
Der Upload kostet mich meine gesamte restliche Energie ...
Nein, Klumpi!
Ich lass dich nicht zurück!
NUUN!

ZUN!!
Mach's gut ...
ZUM!!

... mein
Freund.

PLING!
Upload
100%

Hartes Parkett in gestochen scharfer Auflösung ...
Japp, ich bin definitiv wieder zu Hause.

Und in meinem Körper! Sieht aus, als hätte die Verschmelzung wirklich keine Nebenwirkungen gehabt!
Das Piano! Es ist wieder ganz!
Whoa ...
Cooler neuer Leuchteffekt.
KLICK!

Die Videos ...
... sind alle wieder da! WOHOOO!
GermanLetsPlay
TIPTAP
PFEIF!
@
Hö? Eine Mail von Harald?!

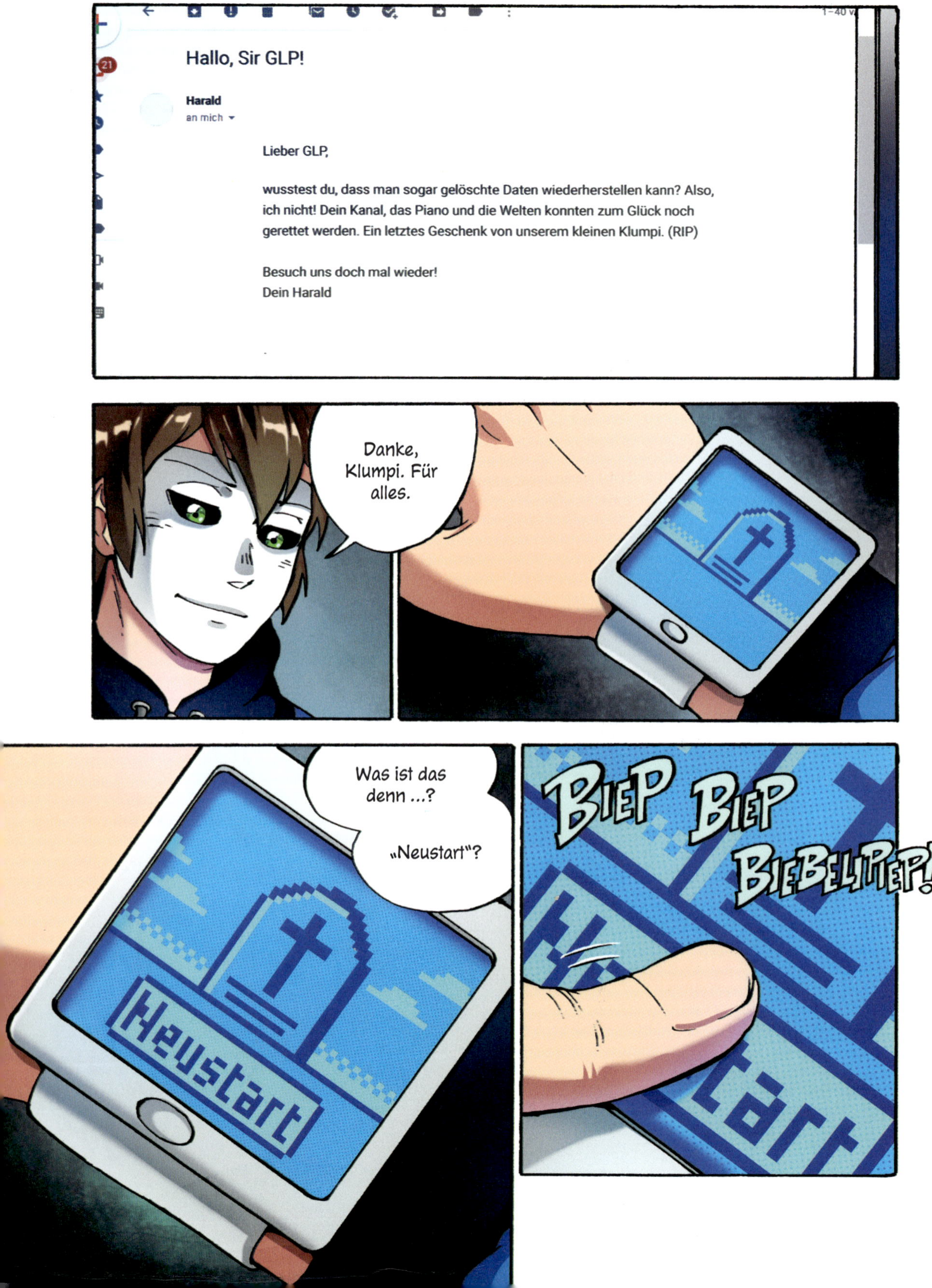
Hallo, Sir GLP!
Harald
an mich
Lieber GLP,
wusstest du, dass man sogar gelöschte Daten wiederherstellen kann? Also, ich nicht! Dein Kanal, das Piano und die Welten konnten zum Glück noch gerettet werden. Ein letztes Geschenk von unserem kleinen Klumpi. (RIP)
Besuch uns doch mal wieder!
Dein Harald
Danke, Klumpi. Für alles.
Was ist das denn ...?
„Neustart“?
Neustart
BIEP BIEP
BIEBELIPIEP!

ZZZ!
Vielleicht haben wir uns doch nicht zum letzten Mal gesehen, Kumpel.
Jetzt, da wieder alles beim Alten ist, kann ich auch endlich die Maske ab-nehmen ...
Seltsam! Ich hätte ge-dacht, dass man nach so einem Abenteuer erst mal drei Tage durchpennt, aber ich fühle mich fan-tastisch!

Na ja, Schlaf wird eh überbewertet. Jetzt erst mal eine Runde zocken!
Halli hallo liebe Leute und willkommen zu einer weiteren Runde „Mine-craft“ mit mir ...
... eurem GermanLetsPlay!

ENDE

1

Zuerst wird sich natürlich die Geschichte ausgedacht. Wenn diese in groben Zügen steht, macht Autor Haiko Hörnig ein Skript. Rechts seht ihr einen Auszug aus ebendiesem, auf dem sich Zeichner David Füleki bereits Notizen gemacht hat sowie nur für ihn dechiffrierbare Storyboard-Skizzen.

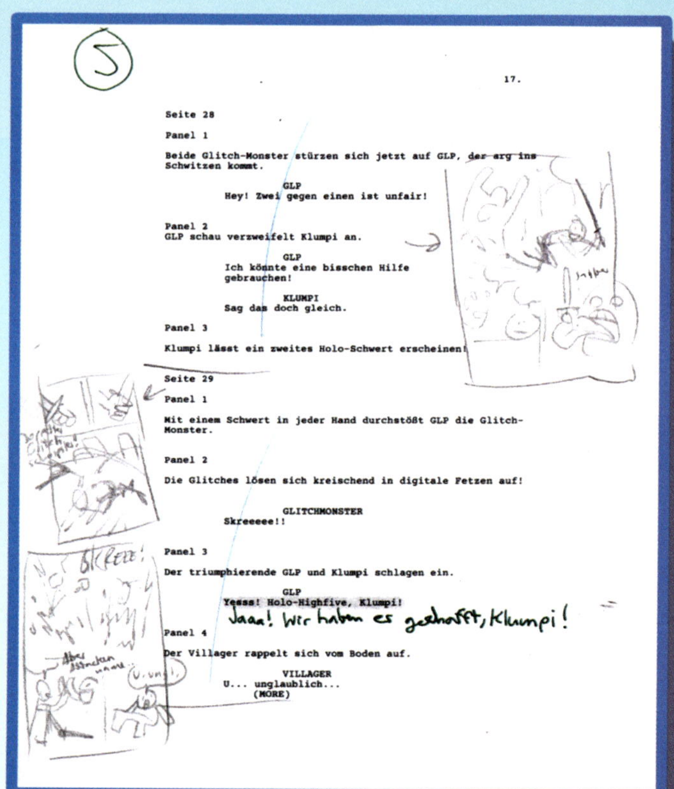

17.

Seite 28

Panel 1

Beide Glitch-Monster stürzen sich jetzt auf GLP, ~~der arg ins~~ Schwitzen kommt.

GLP
Hey! Zwei gegen einen ist unfair!

Panel 2
GLP schau verzweifelt Klumpi an.

GLP
Ich könnte eine bisschen Hilfe gebrauchen!

KLUMPI
Sag das doch gleich.

Panel 3

Klumpi lässt ein zweites Holo-Schwert erscheinen!

Seite 29

Panel 1

Mit einem Schwert in jeder Hand durchstößt GLP die Glitch-Monster.

Panel 2

Die Glitches lösen sich kreischend in digitale Fetzen auf!

GLITCHMONSTER
Skreeeee!!

Panel 3

Der triumphierende GLP und Klumpi schlagen ein.

GLP
Yesss! Holo-Highfive, Klumpi!
Jaaa! Wir haben es geschafft, Klumpi!

Panel 4

Der Villager rappelt sich vom Boden auf.

VILLAGER
U... unglaublich...
(MORE)

2

Nachdem David im Storyboard geplant hat, wie eine Seite aufgebaut ist, macht er Vorzeichnungen. Mit einem blauen Buntstift, weil das Blau nach dem Scannen leicht am PC entfernt werden kann. So spart er sich das Radieren.

3

Als Nächstes werden die Linien mit Tusche nachgezeichnet.

4

Es folgt die Koloration, also die Einfärbung der Seite. Bei diesem Comic wurde das komplett digital gemacht. Und zunächst wurden alle Flächen mit der sogenannten Flatcolo gefüllt. Sieht erst mal komisch aus, aber da kommt ja noch was …

5

Mit Schattierung, Hinzufügen von Effekten, Texturen sowie natürlich den Texten (das „Lettering") ist die Seite endlich fertig. Bis zu zwölf Stunden kann der gesamte Prozess pro einzelne Seite schon mal dauern.

Aber noch lange bevor die allerersten Seiten produziert werden, entsteht das sogenannte Concept Art. Probebilder, die dazu dienen, den späteren Stil des Projekts zu finden.
Das hier ist das allererste Bild, das David für diesen Comic gezeichnet hatte. Noch bevor die Story stand. Klassisch Manga: schwarz-weiß und mit Rasterflächen.

Hier noch ein paar frühe Entwürfe für meine Gesichtsausdrücke. Inklusive eines Bildes ohne meine Maske!

Noch mehr Entwürfe: Manche dieser Designs haben's so in den Comic geschafft, andere nicht.

Es gab sogar mal die Überlegung, den kleinen Drachen immer als Pixelgrafik zu machen, wäre aber zu aufwendig geworden.
Einen hat David trotzdem gepixelt.

Und zum Abschluss noch das erste offizielle Artwork zum Comic, das öffentlich gezeigt wurde: Vorder- und Rückseite einer meiner Autogrammkarten. Wieder mit niedlichem Drachenfratz.

Über die Autoren:

GermanLetsPlay gehört zu den erfolgreichsten deutschen Gaming-YouTubern und ist gleichzeitig der große Unbekannte der Szene. Sein YouTube-Kanal existiert seit 2010 und erreicht aktuell 3,5 Mio. Abonnenten. Das Besondere: GermanLetsPlay zeigt sich nicht und niemand weiß, wie er aussieht. Stattdessen ist sein Avatar zum Markenzeichen geworden: Mit weißer Maske und blau-schwarz gestreiftem Pullover gibt es ihn mittlerweile aufwändig animiert in 3D. Seine Maskottchen Puffi und Klumpi sind die Lieblinge der Community, denn sie begleiten GermanLetsPlay auf seinen Abenteuern durch Spiele-Welten und darüber hinaus.

Haiko Hörnig ist Comic- und Drehbuchautor und lebt in Frankfurt am Main. Wenn er sich gerade nicht in einer digitalen Welt verirrt hat, schreibt er Drehbücher mit dem Cartoonisten Ralph Ruthe, Storys für den kleinen ICE und seine Fantasy-Comicreihe »A House Divided«. Mehr von Haiko findest du auf seiner Website www.haikohoernig.de.

Dario Haramustek ist YouTuber und Drehbuchautor aus Köln. Gemeinsam mit GermanLetsPlay hat er schon die ein oder andere digitale Welt gerettet und diese Abenteuer nun in eine Geschichte übersetzt. Nebenbei macht er Videos über Serien und Filme auf seinem YouTube-Kanal DerDelay.

Über den Illustrator:

David Füleki ist ein halb kybernetischer Organismus, der in den 80er-Jahren im Erzgebirge entwickelt wurde, um ganz viele Mangas zu zeichnen. Zu seinen paar hundert Veröffentlichungen zählen u. a. „Demon Mind Game", „78 Tage auf der Straße des Hasses" oder die zahlreichen Abenteuer von Entoman, dem megastarken, menschenhassenden Erpel. Ganz viele Comic-Preise hat er für seinen Quatsch schon bekommen, aber besonders stolz ist er auf seinen nigelnagelneuen German Influencer Award, den es für seine täglichen Instagram-Zeichnungen (instagram.com/davidfueleki) gab. Seine ersten Werke waren übrigens Kugelschreiber-Kritzeleien von nackten Frauen auf der Kinderzimmertapete, die seine Mutter aber für muskelbepackte Wrestler hielt. Puh, noch mal Glück gehabt!

FSC
www.fsc.org
MIX
Papier aus verantwortungsvollen Quellen
FSC® C106632

Originalausgabe

1. Auflage

Weyerstraße 88–90
50676 Köln

Umschlaggestaltung und Illustration: © David Füleki
Co-Autoren: David Füleki, Dario Haramustek
Koloration: David Füleki, Susan Burdack, Adrian vom Baur, Eve Jay
Redaktion: Katharina Altreuther
Textbearbeitung: Etsche Hoffmann-Mahler & Ulrike Marotz
Satz: Susan Burdack

Gesetzt aus der CC Face Front von © Comicraft, www.youworkforthem.com.

Gesamtherstellung: Community Editions GmbH

ISBN 978-3-96096-194-9

Printed in Poland

www.community-editions.de